11 avril 1877

1

COLLECTION DE M. W...

DE BRUXELLES

TABLEAUX MODERNES

A. Quantin imprimeur
r. St Benoît 7 à Paris

CATALOGUE

DE

TABLEAUX MODERNES

IMPORTANTS

Composant une partie

DE LA

COLLECTION DE M. W...

DE BRUXELLES

DONT LA VENTE AURA LIEU

HOTEL DROUOT, SALLE N° 1

Le Mercredi 11 avril 1877

A TROIS HEURES

Mᵉ CHARLES OUDART	M. ÉMILE BARRE
COMMISSAIRE-PRISEUR	EXPERT
31, rue Le Peletier	20, Chaussée-d'Antin

Chez lesquels se trouve le présent Catalogue

EXPOSITIONS

PARTICULIÈRE	PUBLIQUE
DIMANCHE 8 ET LUNDI 9 AVRIL	MARDI 10 AVRIL

DE 1 HEURE A 5 HEURES 1/2

Comme les livres, les tableaux ont leur destin. — Qui l'eût prévu? une grande ville, une capitale se transforme; Bruxelles (pourquoi ne pas la nommer?), du Nord au Midi, au travers de la vieille cité, fait passer un large rayon de lumière, une vaste trouée d'air rajeuni; et cette œuvre de progrès vient troubler de chères habitudes, de lointaines prédilections. Tout le monde applaudit cependant et chacun y concourt par un effort personnel. Déjà l'on voit les palais s'élever et border la grande voie de leurs façades rivales et somptueuses. C'est l'ambition de tous, — j'entends de tous ceux qui peuvent se permettre une telle ambition, — que de prendre pied sur la voie nouvelle. Pour la satisfaire, il n'est pas de sacrifices auxquels on ne soit résigné. Tel amateur qui naguère occupait une habitation où il était facile d'accumuler les œuvres d'art, est forcé, pour se rapprocher du centre de la ville, de faire un choix dans ses collections formées par un patient travail de vingt-cinq années, d'en éliminer une partie, d'en limiter l'importance à la place mesurée désormais dont il dispose.

Telle est la situation de M. W..., de Bruxelles.

Après combien d'hésitations, de tâtonnements, de décisions prises puis écartées, de résolutions définitives suivies de retours, il a déterminé le choix des quarante-cinq tableaux qui vont traverser notre hôtel Drouot, lui seul pourrait le dire. L'exposition des 8, 9 et 10 avril justifiera de tels mouvements d'incertitude, que suffit même à expliquer un simple coup d'œil jeté sur le catalogue.

Dans cette nomenclature de quarante-cinq numéros, figurent trent-huit artistes différents. Cette seule remarque donne une première idée de la variété des œuvres réunies ici. Je dois ajouter que tous les genres y figurent à l'exception d'un seul, celui de la peinture dite d'histoire dont les proportions traditionnelles ne sauraient trouver de cadre à leur mesure que sur les vastes parois des galeries et des monuments publics. — A ne point considérer les dimensions de l'œuvre, mais seulement le style et le caractère élevé du dessin, la sévérité des lignes, la noblesse de la composition, nous pouvons même dire que l'aquarelle de Decamps, représentant la *Fuite en Égypte*, est l'admirable conception d'un très-grand peintre d'histoire qui, de plus, disposait, en peintre de genre merveilleux qu'il était, de tous les raffinements d'une intelligence pittoresque et de toutes les magies de la lumière et de la couleur.

Auprès de cette incomparable aquarelle de Decamps, l'*Assomption* de Diaz et la *Prière à la Vierge* d'Isabey, apportent dans les sujets religieux de moins austères élégances, peut-être; mais elles y ajoutent les séductions particulières et le charme mondain cher à ces deux palettes si riches.

Pour retrouver la haute et profonde impression du Decamps, il nous faut passer à une autre série de sujets, aux tableaux de paysage et de la vie rustique. Entrons-y par la plus haute porte, par celle que nous ouvrent deux maîtres modernes si longtemps ignorés, puis contestés et que la mort, cette impartiale justicière, a enfin placés au premier rang des artistes de l'École française : je parle d'Eugène Delacroix et de Jean-François Millet.

Le *Lion écrasant un serpent* de la galerie W... est une œuvre type dans l'ensemble des œuvres d'Eugène Delacroix. Toutes les magnificences ondoyantes spéciales au génie du maître, sa souplesse de contours, la puissante et livide harmonie des colorations, tout ce qui est l'expression profonde de la vie tragique, du combat, de la mort, c'est-à-dire tout ce qu'en ses manifestations, si multipliées et diverses à l'infini, le grand artiste a su fixer, cette caractéristique si grande, si passionnée et si sombre de son talent, est tout entière contenue dans ces quelques centimètres carrés de toile peinte.

Par le grand pastel de la collection Gavet, par les crayons de la vente Millet, déjà elle nous était connue et combien nous l'admirions, cette composition de *la Jeune Bergère*. La voici de nouveau dans la galerie de M. W..., mais non plus à l'état de projet, d'esquisse, d'indication; la voici réalisée cette fois, et définitivement arrêtée dans la pleine formule de la peinture à l'huile, du tab eau! Quel respect de l'idée dans cette exécution légère, fluide, qui conserve le trait magistral tracé sur la toile vierge par la plume du maître. Et dans son ensemble pourtant, comme elle exprime bien, cette toile, d'une façon complète, lisible pour tous, et la candeur de la vie pastorale, et le labeur de la vie des champs arrosés des sueurs de l'homme, et l'immense et fertile étendue, et l'heure du jour, et la saison! Il y a des mots dont il ne faut pas être prodigue, nous n'hésitons pas à dire cependant que le tableau intitulé *la Petite Bergère* (n° 28 du catalogue) est un chef-d'œuvre. *La Petite Gardeuse d'oies* se présente sous un aspect moins solennel; d'une exécution plus robuste, plus *peintre*, ce tableau occupe donc un rang bien précieux encore dans l'œuvre de Millet.

Après Millet, Troyon. « Pourquoi après? » Parce que dans les trois Troyon de la collection W... la créature humaine joue seulement un rôle épisodique. A cela près — et c'est pourtant quelque chose — je ne connais pas beaucoup de tableaux de l'artiste où la puissante simplicité de la vie rustique soit traduite avec une telle ampleur que dans *le Passage du Pont* et dans les *Vaches au pâturage*.

On s'étonnerait de ne pas rencontrer ici le nom de Théodore Rousseau. Il y est. Il est tracé en toutes lettres au bas d'une robuste esquisse : un *Soleil couchant* à l'horizon d'une lande.

Et voici encore, à côté de ces grands noms, ceux de Diaz, de Corot, de Jules Dupré, de Daubigny, de Courbet, de Ch. Jacque, il suffit de les écrire, n'est-ce pas? ceux aussi de Jongkind, ce précurseur, de l'aimable César de Kock, d'André Achenbach, le peintre des coups de soleil. A cette énumération que viennent augmenter et varier le peintre Mélin, le bon ami des chiens, et Léon Richet, l'excellent élève de Diaz, il est un dernier nom que je dois signaler à l'attention des amateurs : c'est celui de Brascassat. Les tableaux de ce maître sont extrêmement rares à l'hôtel Drouot. Assurément, depuis dix ans, pas une fois le marteau d'ivoire de nos commissaires-priseurs n'a clos les enchères sur un tableau de Brascassat plus important, d'une exécution plus savante, plus ferme, plus consciencieuse, réunissant toutes les fortes qualités de l'artiste à un degré plus élevé. Le *Taureau en liberté* de la galerie de M. W... est daté de 1833.

Cette belle suite de noms dit assez ce qu'est le paysage ici : le paysage *terrien*, oui ! Mais Ziem y joint le mirage du soleil vénitien illuminant les hautes voiles, les agrès, les longues flammes de toutes couleurs des grandes embarcations qui versaient le commerce du monde entier dans les entrepôts de la République romantique; — Gudin le vieux maître, dont la lettre si touchante faisait il y a quelques jours le tour de la presse, Gudin y joint une de ces belles anses méditerranéennes aux eaux calmes, polies, traversées par la flèche d'or d'un rayon de soleil, et à peine ridées d'un léger frisson dans l'ombre des montagnes voisines; — Isabey enfin, ce touche-à-tout charmeur y ajoute la joyeuse pétulance d'une foule de jeunes dames et de jeunes seigneurs venus, en partie d'après-midi, de quelque château des environs, et mêlant sur la plage le rire de leurs toilettes, de leurs caquetages, de leur suite, de leurs équipages, à l'étalage nacré des filets de pêche vidant leur capture toute fraîche, frémissante, vivante encore, à peine débarquée, aussitôt achetée sans marchandage, princièrement payée et bientôt emportée. Belle journée pour tous, et pour nous beau tableau.

Le genre proprement dit a pour interprètes dans cette partie de la collection W... M. Bakkerkoff, ce très-fin Hollandais à qui n'échappe aucun des petits ridicules de la vie bourgeoise, non plus que pas une des familières délicatesses d'un talent soigneux, minutieux, et qui serait habile à l'excès, si cet excès n'était corrigé par un très-notable appoint de grâce et d'esprit; puis Roybet (un ancien Roybet) et Plassan, cet autre raffiné; Guillemin, le peintre recherché des mœurs du pays basque; Schlesinger, par qui nous rentrons dans la vie élégante; De Jonghe et Willems qui reconnaîtront ici quelques-uns de leurs meilleurs ouvrages; Alfred Stévens, enfin, par excellence, le peintre de la femme moderne, et un fier peintre.

Il n'y a vraiment que l'imprévu de l'hôtel Drouot pour nous apporter de si singulières révélations! Alfred Stévens, dont nous voyons ici, sous le titre de *Fleurs d'automne*, cette mélancolique rêverie de la femme de quarante ans, est-il bien ce même Alfred Stévens, qui a signé (mais à quelle date?) le *Souvenir de la patrie!* Un reître, au visage bronzé, comme celui du More de Venise, s'est écarté de ses compagnons d'armes ou de rapines pour songer à la patrie lointaine. Un vol d'hirondelles passant dans la nue a fait ce miracle d'attendrir jusqu'aux larmes le cœur doublement cuirassé du vaillant compagnon. L'œuvre est vraiment curieuse, non-seulement à cause du sujet, mais aussi en raison des qualités puissantes de l'exécution, très-amusante avec ses recherches d'alors à la Salvator Rosa.

Elle nous apporte, en outre, une transition pour arriver aux scènes de la vie guerrière et militaire représentées dans la collection de M. W...

A tous les titres, la première place dans cette suite d'œuvres appartient à *la Sentinelle* de M. Meissonier. Ce n'est, il est vrai, qu'un soldat en faction à la porte d'un corps de garde ; mais on n'a jamais poussé plus loin la recherche de la perfection matérielle et de la vérité morale. Si patiemment étudié qu'apparaisse le décor en ce panneau de Lilliput, l'homme, le soldat domine tout, retient et fixe l'attention. Par quel mystère, en cette apparente égalité de procédé, en cette impartiale application à traduire l'homme et la chose, la chose reste-t-elle subordonnée à l'homme? C'est le secret du maître.

Je nomme pour mémoire, dans cet ordre de scènes guerrières : *la Reconnaissance,* de M. Brilloin, œuvre d'une belle ordonnance ; *le Cheval mort,* de M. John-Lewis Brown, recherche d'un réalisme piquant ; *le Soldat serbe,* de A. Humbert, une étude de coloration; *l'Attelage russe,* de M. Schreyer, très-bon tableau, très-complet dans la note *neige*, et d'une belle furie de mouvement; *le Combat*, cette toile vibrante, lumineuse, qui est cataloguée sous le n° 14, à l'Exposition des œuvres d'Eugène Fromentin, en ce moment ouverte à l'École des beaux-arts.

Le talent de ces artistes, nos contemporains de l'heure présente, est trop connu des amateurs pour qu'il y ait lieu d'y insister. Je signalerai de préférence un tableau déjà ancien, d'Hippolyte Bellangé, *l'Étape sous la pluie*, qui donne l'exacte mesure de ce qu'était le talent gaiement chauvin de l'artiste, avant qu'il s'élevât aux grandeurs héroïques de la *Charge de cuirassiers à Waterloo* et du *Dernier Carré*.

Mais, de toute cette partie de la collection de M. W..., l'œuvre qui me paraît de nature à solliciter le plus vivement la curiosité du public, c'est un tableau d'Horace Vernet, tableau célèbre, connu de tous, et que personne, en France, n'aura, je crois, vu depuis un demi-siècle. On se rappelle, pour les avoir aperçues dans tous les intérieurs bourgeois du règne de Louis-Philippe, les quatre gravures de Jazet, représentant quatre compositions d'Horace Vernet : *Mazeppa*; *le Cavalcatore conduisant des bœufs; le Combat entre des dragons du pape et des brigands; la Confession du brigand.*

C'est ce dernier tableau qui appartient encore à M. W...

Horace Vernet, après avoir été pendant vingt ans le peintre le plus populaire de notre pays, n'a pas gardé dans les collections d'amateurs le rang qu'il occupait dans les prédilections de la foule. On reviendra un jour sur cet ostracisme que ne motive pas suffisamment l'*uni*, le laisser-aller, le lâché même, si l'on veut, de la facture. Ce que suppose de science réelle cette excessive facilité est vraiment incroyable. Je considère comme une bonne fortune pour les jeunes artistes qui le reverront à l'hôtel Drouot l'apparition à Paris de ce tableau d'un autre temps. Ils y verront avec quelle aisance un maître dispose une composition, ils y étudieront ce que c'est que le geste franc, libre, juste, ce que c'est que le mouvement vrai : le mouvement, cette vie de l'œuvre d'art.

Quant au motif, je n'en dirai rien, la gravure l'a rendu à ce point familier à chacun que toute description serait vraiment superflue. Mais profitons de cette heureuse rencontre et regardons-le, ce tableau oublié d'un maître qui, par l'esprit, relie dans le temps, par delà David, le XIXe siècle à notre belle et claire école française du XVIIIe.

J'ai passé rapidement en revue les tableaux de la collection W... : Sujets religieux, Sujets rustiques, Paysages, Marines, Sujets de genre, Sujets orientaux, Sujets militaires. La série des genres serait incomplète si nous ne pouvions y nommer la nature-morte; or nous le pouvons : la lacune est en effet comblée par des *Fruits* de Saint-Jean.

ERNEST CHESNEAU.

ACHENBACH

(ANDRÉ)

1. — Les Chaumières.

Au bord d'un étang, entouré d'une ceinture de grands arbres, quelques chaumières. L'une d'elles, plus élevée que les autres et coiffée d'un toit de tuiles, est éclairée par un coup de soleil passant entre les nuages dont le ciel est couvert. Au premier plan, dans les roseaux, une barque et un pêcheur vêtu d une vareuse rouge. A un plan plus éloigné une figure de femme.

Signé à gauche : A. A., 1862.

Bois. Haut., 29 cent.; larg., 25 cent.

BAKKERKORFF

(A.-H.)

2. — Une Crise de vapeurs.

Une jeune dame, en déshabillé du matin, et encore coiffée de nuit est assise dans un fauteuil auprès d'une table chargée des préparatifs d'un thé. Elle tient en main un flacon de sels. Dans le fond, une vieille servante verse quelques gouttes d'élixir dans un verre.

Signé à droite : A.-H. BAKKERKORFF, 1875.

Bois. Haut., 22 cent.; larg., 18 cent.

BELLANGÉ

(HIPPOLYTE)

3. — L'Étape sous la pluie.

Grenadiers de la vieille garde en marche sous la pluie et le vent. Au premier plan, un vieux grognard. Toute la troupe et une vivandière à cheval avancent dans un chemin creux.

Signé à gauche : H[te] BELLANGÉ, 1864.

Toile. Haut., 53 cent.; larg., 45 cent.

BRASCASSAT

(JACQUES-RAYMOND)

4. — Le Taureau en liberté.

Œuvre capitale du maître.

Signé sur le tronc d'arbre à droite : J. BRASCASSAT, 1833. (Médaille à l'exposition de Londres.)

Toile. Haut., 1m,10 cent.; larg., 1m,40 cent.

BRILLOUIN

(GEORGES)

5. — Officiers en reconnaissance.

Costumes Louis XIII; quatre figures; au fond une place forte incendiée.

Signé à gauche : GEORGES BRILLOUIN.

Bois. Haut., 38 cent; larg., 50 cent.

BROWN

(JOHN-LEWIS)

6. — Le Cheval mort.

Au premier plan, un cheval blanc abattu sur le flanc, raidi par la mort. Plus loin, le cavalier démonté regarde à l'horizon. Fond de paysage, soleil couchant.

Signé à gauche : JOHN-LEWIS BROWN.

Toile. Haut., 34 cent.; larg., 47 cent.

COROT

7. — L'Enclos.

Dans l'enclos, une vache. Appuyée à la barrière du premier plan, une petite figure coiffée d'un bonnet rouge. Au delà, de grands mouvements de forêts, puis la silhouette d'un vieux château. A l'horizon, de longues collines. Circulant dans les profondeurs du paysage, une rivière. — A droite, un bouquet d'arbres.

Signé à gauche : Corot.

Toile. Haut., 40 cent. ; larg., 1 mètre.

COURBET

(GUSTAVE)

8. — La Cascade.

Signé à droite : G. Courbet.

Toile. Haut., 38 cent. ; larg., 50 cent.

DAUBIGNY

(CHARLES)

9. — L'Etang.

Tableau d'excellente qualité.

Signé à gauche : DAUBIGNY, 1868.

Bois. Haut., 28 cent. ; larg., 49 cent.

DECAMPS

(GABRIEL)

10. — La Fuite en Egypte.

Dans un pli rocheux du désert raviné par le simoun, la Vierge, assise sur l'âne et portant l'enfant Jésus, s'avance sous la conduite de saint Joseph. A l'horizon, la silhouette des Pyramides. Çà et là, des cigognes au repos ou traversant le ciel orageux.

Œuvre capitale. *Aquarelle.*

Signée à droite : DECAMPS.

DE COCK

(CÉSAR)

11. — Ferme en Bretagne.

Au premier plan, une mare bordée de grands arbres. A gauche et au fond, les bâtiments de la ferme. Ciel d'été mouvementé. Figures.

Signé à gauche : César de Cock, 1870.

Toile. Haut., 42 cent. ; larg., 62 cent.

DE JONGHE

(GUSTAVE)

12. — Le Livre défendu.

Une jeune femme ouvre le haut d'un meuble-bibliothèque en bois sculpté et porte la main sur l'un des volumes qu'il contient. Son attitude indique la crainte d'être surprise. — Riche intérieur.

Signé à gauche : Gustave De Jonghe.

Bois. Haut., 64 cent. ; larg., 47 cent.

DELACROIX

(EUGÈNE)

13. — Lion et Serpent.

Tableau de chevalet dans la meilleure manière du maître.

Signé à droite : Eug. Delacroix, 1856.

Toile. Haut., 49 cent.; larg., 60 cent.

DIAZ

(NARCISSE)

14. — La Forêt.

Effet d'automne. Œuvre très-importante.

Signé à gauche : N. DIAZ.

Toile. Haut., 78 cent.; larg., 1^{m},10 cent.

DIAZ

(N.)

15. — Assomption.

La Vierge et six figures d'anges.

Signé à droite : N. DIAZ, 1850.

Bois. Haut., 40 cent.; larg., 27 cent.

DUPRE

(JULES)

16. — Le Soir.

Au bord d'une mare dont les eaux baignent le pied d'une rangée de saules, quelques animaux, à la dernière heure d'une journée pluvieuse, viennent se désaltérer.

Signé à droite : Jules Dupré.

Toile. Haut., 58 cent.; larg., 72 cent.

FROMENTIN

(EUGÈNE)

17. – Le Combat.

Au pied d'une colline découpée par lignes abruptes sur le ciel clair, des Arabes de tribus ennemies, les uns à pied, sortant de leur tente, les autres emportés au galop de leurs chevaux, échangent des coups de feu. A droite un homme tué.

Petit tableau d'excellente qualité, exposé sous le n° 14 à l'exposition des œuvres d'Eugène Fromentin.

Bois. Haut., 35 cent.; larg., 59 cent.

GUDIN

(THÉODORE)

18. — Soleil levant sur la Méditerranée.

La mer calme, à peine ridée par la brise du matin, est sillonnée par deux vaisseaux de haut bord et par de légères embarcations parties du rivage, où se dessinent la silhouette d'une ville et le profil de collines perdues dans la brume de l'aurore.

Signé à gauche : T. GUDIN, 1861.

Toile. Haut., 61 cent.; larg., 80 cent.

GUILLEMIN

(ALEXANDRE)

19. — Retour de la chasse à l'ours.

Sur les marches pittoresquement disposées d'une maison basque, un groupe de femmes acclame les chasseurs passant un peu plus loin et rapportant un ours tué. Au fond les Pyrénées.

Signé à gauche : A. GUILLEMIN.

Bois. Haut., 58 cent.; larg., 48 cent.

HUMBERT

(FERDINAND)

20. — Soldat serbe.

Signé à gauche : F. Humbert.

Bois. Haut., 57 cent.; larg., 26 cent.

ISABEY

(EUGÈNE)

21. — Le Retour de la pêche.

Sur la plage un groupe de dames et de jeunes seigneurs regarde le produit de la pêche que viennent de débarquer des marins. Costumes Louis XV. Chaise à porteur, équipages. Au fond, à droite, une colline, un moulin, un clocher. A gauche, la mer et les barques de pêche.

Composition d'une vingtaine de figures.

Signé à droite : E. Isabey, 1860.

Bois. Haut., 57 cent., larg., 1 mètre.

ISABEY

(EUGÈNE)

22. — La Prière à la Vierge.

Dans l'intérieur d'une église, au pied d'un vaste escalier, s'élève l'autel de la Vierge couronné par un dais richement orné. Des femmes, des enfants sont groupés dans les diverses attitudes de la prière.

Signé à gauche : ISABEY, 1861.

Bois. Haut., 73 cent.; larg., 50 cent.

JACQUE

(CHARLES)

23. — Moutons au pâturage sur la lisière d'un bois.

Le berger, debout, est appuyé sur sa houlette.

Signé à gauche : CH. JACQUE, 1867.

Toile. Haut., 66 cent.; larg., 98 cent.

JACQUE

(CHARLES)

24. — L'Ouverture du poulailler.

Signé à gauche : CH. JACQUE.

Bois. Haut., 17 cent.; larg., 23 cent.

JONGKIND

25. — Les Patineurs.

Un canal glacé. A gauche, un chemin couvert de neige passant au pied d'un moulin. Au fond, une ville hollandaise dominée par une église. De nombreuses figures.

Signé à droite : JONGKIND, 1864.

Toile. Haut., 32 cent.; larg., 50 cent.

MEISSONIER

(ERNEST)

26. — La Sentinelle.

A la porte d'un corps de garde un mousquetaire, vêtu d'un uniforme gris, se tient en faction. La main droite est appuyée sur la hanche; la gauche, qui tient la crosse du mousquet, repose sur une fourchette de tir. Au fond une petite figure.

Signé : E. Meissonier, 1871.

Bois. Haut., 22 cent.; larg., 15 cent.

MÉLIN

(JOSEPH)

27. — Tête de griffon.

Fond de paysage.

Signé à gauche : J. MÉLIN, 1870.

Toile. Haut., 41 cent. ; larg., 40 cent.

MILLET

(JEAN-FRANÇOIS)

28. — La Jeune Bergère.

Au bord d'un bouquet d'arbres, une jeune bergère surveille le passage de son troupeau. Dans la profondeur une immense étendue de champs en pleine culture, attelages de labour et bâtiments de ferme.

Signé à droite : J.-F. M.

Toile. Haut., 60 cent. ; larg., 49 cent.

MILLET

(J.-F.)

29. — La Petite Gardeuse d'oies.

Debout sur un talus, à pic au-dessus d'une mare, une fillette, jambes et bras nus, assiste au défilé d'une troupe d'oies dans un chemin creux et à leur immersion dans l'eau. Au fond les bâtiments d'une ferme et quelques bouquets d'arbres.

Signé à droite: J.-F. Millet.

Bois. Haut., 32 cent.; larg., 18 cent.

PLASSAN

30. — Conversation galante.

Deux personnages. Intérieur hollandais. Paysage entrevu par une croisée ouverte.

Signé à droite : Plassan.

Bois. Haut. 12 cent.; larg., 9 cent.

RICHET

(LÉON)

31. — Sous bois.

300 180

Signé à gauche : L. RICHET.

Bois. Haut., 19 cent. ; larg., 24 cent.

ROUSSEAU

(THÉODORE)

32. — Soleil couchant à l'horizon d'une lande.

8000 6100

Signé à droite : TH. ROUSSEAU.

Bois. Haut., 16 cent.; larg., 23 cent.

ROYBET

(FERDINAND)

33. — Joueur de galoubet.

Costume moyen âge. Fond de paysage.

Signé à gauche : F. ROYBET.

Toile. Haut., 57 cent. ; larg., 45 cent.

SAINT-JEAN

34. — Pêches, Framboises et Raisins blancs.

Signé à gauche : SAINT-JEAN, 1857.

Toile. Haut., 34 cent. ; larg., 44 cent.

SCHLESINGER

(HENRY)

35. — L'Indiscrète.

Une jeune servante, en costume Louis XV, assise au bord d'un canapé, a pris dans un plateau posé sur ses genoux une des lettres qui y sont déposées et cherche à en lire le contenu.

Signé à droite: H. SCHLESINGER.

Toile. Haut., 1 mèt.; larg., 80 cent

SCHREYER

(ADOLPHE)

36. — Attelage russe poursuivi par des loups dans la neige.

Les trois chevaux de la *troïka* avancent au galop, effarés par le voisinage des loups dont l'un, le plus rapproché de l'attelage, vient d'être blessé d'un coup de feu.

Signé à gauche: AD: SCHREYER, Paris.

Toile. Haut.. 88 cent.; larg., 1^{m},15 cent.

STEVENS

(ALFRED)

37. — Souvenir de la patrie.

Un soldat en costume Renaissance assis à quelque distance d'un bivouac, dans un paysage désolé, suit du regard un vol d'hirondelles traversant un ciel d'orage.

Curieuse composition de l'artiste.

Signé à gauche : ALFRED STEVENS.

Bois. Haut., 54 cent.; larg., 44 cent.

STEVENS

(ALFRED)

38. — Fleurs d'automne.

Le titre donné à ce tableau par l'artiste a une double signification. Il suffit à caractériser le type de la femme, qui jette un regard mélancolique sur le bouquet de fleurs automnales, occupant auprès d'elle le centre d'une large table.

Signé : ALFRED STEVENS.

Toile. Haut., 72 cent.; larg., 53 cent.

TROYON

(CONSTANT)

39. — Le Passage du pont.

Trois vaches, suivies d'une paysanne, traversent un pont rustique jeté sur une petite rivière, vers laquelle un chien s'approche pour se désaltérer. Ciel nuageux.

Vente Troyon.

Toile. Haut., 80 cent.; larg., 1m,14 cent.

TROYON

(CONSTANT)

40. — Vaches au pâturage.

13500

Dans un enclos voisin d'une ferme, deux vaches, l'une blanche, l'autre rousse. Un paysan, les deux mains dans les poches, regarde les animaux. A droite la ferme, à gauche les arbres d'un verger. Ciel d'été nuageux.

Signé à droite : C. T.

Toile. Haut., 80 cent. ; larg., 1m,16 cent.

TROYON

(CONSTANT)

41. — Soleil couchant.

1000 750

Vente Troyon.

Bois. Haut., 19 cent.; larg., 23 cent.

VERNET

(HORACE)

42. — La Confession d'un brigand italien.

Tableau célèbre popularisé par la gravure de Jazet.

Signé à gauche : H. VERNET.

Toile. Haut., 1m,20 cent. ; larg., 1m,70 cent.

WILLEMS

(FLORENT)

43. — La Collation.

Un jeune seigneur, assis près d'une table chargée de fruits, tend son verre à une servante qui l'emplit de vin d'Espagne. Intérieur Renaissance.

Signé à gauche : F. WILLEMS.

Bois. Haut., 55 cent.; larg., 45 cent.

WILLEMS

(F.)

44. — Coquetterie.

Une jeune fille, vêtue d'une robe de satin rose, joue avec un collier de perles auprès d'une table recouverte d'un tapis de Smyrne et chargée d'un miroir ainsi que d'autres accessoires. Sur le mur, le reflet ensoleillé d'une fenêtre placée hors du tableau.

Signé à droite : F. WILLEMS.

Bois. Haut., 25 cent.; larg., 19 cent.

ZIEM

45. — Vue de Venise.

De hautes barques pavoisées, des architectures, personnages, etc.

Signé à gauche : Ziem.

Toile. Haut., 72 cent. ; larg., 53 cent.

PARIS. — Impr. J. CLAYE. — A. QUANTIN et Cᵉ, rue St-Benoît. — [583]

www.ingramcontent.com/pod-product-compliance
Ingram Content Group UK Ltd.
Pitfield, Milton Keynes, MK11 3LW, UK
UKHW021100270726
13994UKWH00009B/1712

9 782329 443737